中国古代寓言

云南出版集团 晨光出版社

图书在版编目（CIP）数据

中国古代寓言 / 晨光数媒编 . -- 昆明：晨光出版社，2021.1
（小学生快乐读书）
ISBN 978-7-5715-0503-5

Ⅰ . ①中… Ⅱ . ①晨… Ⅲ . ①寓言—作品集—中国－古代 Ⅳ . ① I276.4

中国版本图书馆 CIP 数据核字（2019）第 302200 号

XIAO XUESHENG KUAILE DUSHU
小学生快乐读书
ZHONGGUO GUDAI YUYAN
中国古代寓言

晨光数媒 / 编

出版人	吉彤
责任编辑	罗永强　吕丹
装帧设计	谢妮　王雪如
美术指导	邢雪莹　陈晓薇
责任校对	杨小彤
责任印刷	廖颖坤
邮编	650034
地址	昆明市环城西路 609 号新闻出版大楼
出版发行	云南出版集团　晨光出版社
电话	0871-64186270（发行部）　0871-64178927（互联网营销部）
法律顾问	云南上首律师事务所　杜晓秋
印刷	昆明淙纶印刷有限公司
经销	各地新华书店
版次	2021 年 1 月第 1 版
印次	2021 年 1 月第 1 次印刷
书号	ISBN 978-7-5715-0503-5
开本	880mm×1230mm 1/32
印张	3.5
定价	19.80 元

凡出版印刷质量问题请与承印厂联系调换
质量监督电话：0871-64109709

前 言

书籍是人类文明和智慧的结晶，是知识的宝库，阅读是了解人生和获取知识的重要手段。从小培养我们爱读书、读好书的习惯，将使我们受益终身。

一 读书对孩子的重要性

1 增长知识、开阔视野

我们在学校学习的主要是课本知识，除了靠老师在课堂上的传授外，也需要依靠课外阅读去采集。阅读有益的课外书有助于积累知识、增长见识。例如在阅读《十万个为什么》时，我们能了解到许多有趣的科普知识。

2 有助于孩子形成良好的品格

一本好书，一个具有良好品格的主人公，很容易触动读者的内心。比如《鲁滨逊漂流记》，主人公鲁滨逊在一次航行中遇到风暴，独自漂流到一个荒岛上，面对困境，鲁滨逊依靠自身积累的丰富知识，凭着强韧的意志与不懈的努力，在荒岛上顽强地生存下来。在阅读过程中，鲁滨逊自信、坚韧、勇敢的精神令人印象深刻，这些积极向上的精神会对人格起到升华的作用，帮助我们形成良好的道德品格。

3 提高孩子的学习兴趣和积极性

看喜欢的课外读物能提高我们的学习兴趣，使我们主动从书籍中了解、吸收知识，并积极开动脑筋运用这些知识去思考问题、分析问题、解决问题，培养我们自主学习的意识，使我们从依赖型的学习向主动型的学习转变。

二 读书方法

掌握正确的读书方法，能够帮助我们在阅读过程中起到事半功倍的效果。读书方法有很多，我们可以结合自身需求的不同，选择合适的读书方法。下面为大家介绍几种常见的读书方法。

1 速读

这是一种快速读书的方法。有时我们读书是因为对某方面知识比较感兴趣，或者要达到某个特定的目的，这时我们可以采用扫描法，即“一目十行”，对文章迅速浏览一遍，只了解文章大意即可。这种方法可以加快阅读速度，扩大阅读量，适用于阅读同类的书籍或参考书等。

2 泛读

泛读旨在求广，阅读时可以粗略翻翻，大致了解主要内容，也可以只抓住书籍中的关键性语句，弄清主要观点。这一部分内容常常在文章的开头或结尾，所以重点看标题、内容提要、前言或结尾读后感等，在有限的时间内获得更多有效的信息，达到阅读目的。

3 跳读

这是一种跳跃式的读书方法。跳读法要求我们有选择地进行阅读，可以把书中某些不太重要的内容放在一边，抓住书的筋骨脉络阅读，重点掌握各个段落的观点。有时读书遇到疑问处，我们不需要纠结太长时间，可以先跳过去继续读，之后结合前后文内容，疑问可能就会迎刃而解了。

4 精读

对于一些优秀的文学作品，我们可以采用精读的方法，对文章进行深入细致的研读，深入了解作者的立意构思、人物形象的塑造、写作手法等。就像细嚼慢咽一样，反复咀嚼，将书中的内容吃透，转化为自己的知识营养。

三 保持良好的阅读习惯

1. 多做读书笔记。好记性不如烂笔头。我们在阅读时，摘抄一些好词好句，也可以将我们阅读时的心得感悟记录下来，不仅可以加深我们的阅读印象，在不断的积累过程中还能帮助我们提升写作能力。

2. 边阅读边思考。边阅读边思考是阅读的基本要求，在阅读的过程中要时常问问自己。例如在《尼尔斯骑鹅旅行记》中，主人公尼尔斯是一个调皮、贪玩、任性、懒惰，不爱学习，对待动物和人十分凶狠的少年，但在故事的结局，他变成了一个富有同情心、有责任感、勇敢善良的少年，尼尔斯在旅途经历中发生了许多事，这些事都对他产生了什么影响，我们在阅读这些故事时又产生了哪些体会和感悟。在不断地思考中我们不断加深对文章的理解，同时锻炼了我们的思维能力。

3. 坚持阅读。不论做什么事都要坚持下去，读书同样如此，把阅读当成我们的日常生活习惯，只有不断坚持才有收获。

目录

阅读要点卡

作者简介	寓言是文学作品的一种，它一般是假托故事来说明一些意味深长的道理。寓言故事大都篇幅短小而形象鲜明，在浅显简单的故事中阐述某种道理，给人以启示。 我国古代寓言故事源远流长，博大精深。它们大都来源于生活，是人们集体智慧的结晶。阅读寓言能帮助我们获取生活经验，掌握学习技能。
情节简介	《南橘北枳》——齐国的晏子出使楚国，楚王想羞辱晏子，故意让人押着一个在楚国偷东西的齐国人从堂下经过，问晏子是否齐国人都爱偷东西。晏子机智地说，橘树生长在淮南就结出橘子，如果移栽到淮北，就变成又酸又苦的枳了，难道齐国人到楚国就变坏了吗？说得楚王哑口无言。 《曾子杀猪》——曾子的妻子要去赶集，为了哄哭闹的孩子，说赶集回来就杀猪给孩子吃。但是，妻子回来后并没有兑现自己的诺言。曾子教育妻子不能对孩子撒谎，要为孩子做出守信的示范，最后杀猪给孩子吃了一顿美餐。 《东郭先生和狼》——东郭先生在路上碰到一只被猎人追赶的狼。狼请求东郭先生救它一命。于是东郭先生把狼装进口袋里救了它。得救的狼

情节简介	说东郭先生差点闷死它，要把他吃掉。他们找来农夫评理，农夫让他们把刚才的情形再演示一遍。最后，农夫打死了又钻进口袋里的狼。
主要人物形象	晏子——晏子虽然长得矮小，但是面对楚王的凌辱毫不畏惧，凭借自己的聪明才智化解了尴尬，还羞辱了楚王。 曾子——虽然儿子很小，很好哄骗，但是曾子却说话算话，遵守诺言，是一个言而有信的人。 东郭先生——他心地太过善良，分不清好人恶人，差点被狼吃掉。
阅读心得	1. 在待人接物时，应该谦虚有礼，不可以像楚王一样尖酸刻薄，否则只会自取其辱。 2. 诚实守信、说话算话是做人的基本准则。 3. 生活中我们要有分辨是非善恶的能力，面对恶势力，不能盲目同情、心软。

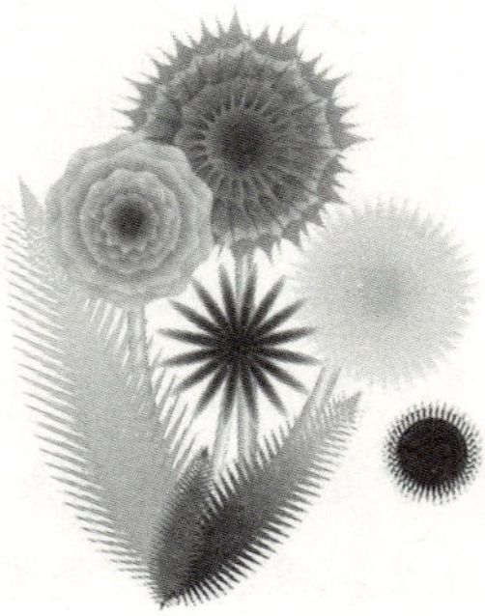

两小儿辩日

古代思想家、教育家孔子在周游列国时，有一次往东方的一个地方去，半路上看见两个小孩儿在路边为一个问题争论不休，于是就让马车停下来，到跟前去问他们："小朋友，你们在争辩什么呢？"

其中一个小孩儿先说道："我认为太阳刚出来的时候离我们近，中午的时候离我们远。"

另一个小孩儿的看法正好相反，他说："我认为太阳刚升起来时离我们远，中午时才近。"

先说的那个小孩儿反驳说："太阳刚出来时大得像车盖，到了中午，就只有盘子那么大了。这不是远的东西看起来小，而近的东西看起来大的道理吗？"

另一个小孩儿自然也有他的理由，他说："太阳刚升起来时，我们感觉凉飕飕的；到了中午，太阳却像火球一样让人感觉热烘烘的。这不正是远的物体使人觉得凉，而近的物体使人觉得热的道理吗？"

两个小孩儿不约而同地请博学多识的孔子来判定谁是谁

非，可这个看似简单的问题却把能言善辩的孔子难住了。孔子哑口无言。

两个小孩儿笑了起来，说："谁说你知识渊博、无所不知呢？你也有不懂的地方啊！"

阅读小课堂

面对大思想家孔子，两个孩子大胆提出自己的观点，他们善于思考，有理有据；而孔子呢，也并没有因对方是孩子而轻视他们，而是诚实地表示自己无法判断。我们学习的时候，需要的正是像"两小儿"一样大胆质疑、虚心求证的态度，和孔子"实事求是"的求学精神。

纪昌学射

甘蝇是古代出名的神射手。他只要一拉弓，射兽兽倒，射鸟鸟落。飞卫是甘蝇的学生，由于勤学苦练，他的箭术超过了老师。

有个人名叫纪昌，慕名前来拜飞卫为师。飞卫对他说：“你先要学会在任何情况下都不眨眼睛，有了这样的本领之后，才谈得上学习射箭。”

纪昌回到家里，就仰面躺在妻子的织布机下，两眼死死盯住来来回回快速移动的梭子。

两年以后，即便有人拿着针朝他的眼睛刺去，他的眼睛也能一眨不眨。

纪昌高兴地向飞卫报告了这一成绩，飞卫说：“光有这点儿本领还不行，还要练出一副好眼力，极小的东西你要能看得一清二楚。”

纪昌回到家里，捉了一只虱子，用极细的牛尾巴毛拴住，挂在窗口。他天天朝着窗口目不转睛地盯着它瞧。

十天过去了，那只虱子在纪昌的眼里慢慢地大了起来。

三年以后，这只虱子在他眼里竟有车轮那么大。他再看稍大一点儿的东西，简直都像小山似的。于是，纪昌就拉弓搭箭，朝着虱子射去。那支利箭竟直穿虱子的中心，而细如发丝的牛尾巴毛却没有断。

纪昌高兴极了，向飞卫报告了这新的成绩。飞卫连连点头，笑着说："功夫不负苦心人，你成功啦！关于射箭的奥妙，你已经全部掌握了！"

阅读小课堂

懂得正确的方法很重要。纪昌从练习不眨眼和把虱子看大开始，练习射箭的基本功，最后终于掌握了射箭的奥妙，得到了神射手飞卫的称赞。要想练就高超的技艺，要先从基本功开始练起。只有稳扎稳打，坚持不懈，循序渐进，才能够一步一步地走向成功。

屠龙之技

有一个叫朱泙漫的年轻人，想学会一门一般人都不会的特殊本领，便卖光了所有的家产，凑足了一千两银子，到很远的地方去拜师学艺。

后来，朱泙漫历尽千辛万苦，终于找到支离益并拜他为师，学习屠龙的技术。朱泙漫肯下苦功夫，花了整整三年的时间，才把屠龙的技术学到手。

学成后，朱泙漫高兴地回到家乡。人们关心地问他究竟学了什么，他兴致勃勃地讲了自己屠龙的本事，屠龙应该用什么刀，应该怎样按住龙头、踩住龙尾，如何开膛剖肚……

可是，当人们问朱泙漫这世上有没有龙、龙在什么地方时，他却回答不上来了。

于是人们忍不住笑起来，告诉他：学本领是为了有所用，如果学的东西毫无用处，学得再精通，又有什么价值呢?

朱泙漫这才恍然大悟，原来世界上根本没有龙，他白白花费了那么多的时间和精力。

阅读小课堂

选择正确的学习目标非常重要。在学习方面，要从实际需要出发，确立目标后再去学习。如果选择了错误的学习目标，去学习一些徒有虚名、没有一点实际用处的本领，那么即便是非常努力，即便付出得再多，也毫无用处。

神童的不幸

有个小孩儿叫方仲永，出生在一个农民家庭。他家里祖祖辈辈都是种田人，没有一个读书人。他长到五岁了，还从未见过笔墨纸砚是什么模样。

可是有一天，方仲永突然哭着向家里人要笔墨纸砚，说他要写诗。他父亲感到十分惊讶，马上从邻居那里借来笔墨纸砚。方仲永拿起笔写了四句诗，还给诗写了个题目。同乡的几个读书人知道了这件事，都跑到方仲永家来看，一致认为他写得不错。这件事很快传开了，知道的人个个称奇。从此，方仲永家热闹起来，经常有人来他家玩，有的当场出题要小仲永作诗。小仲永不论什么题目，都能立刻成诗，而且内容深刻、文采绚丽，深得众人的赞赏。

不久，方仲永的天才事迹传到了县里，引起了很大轰动，人们都认为他是个神童。县里那些名流、富人，十分欣赏方仲永，他父亲的地位也随着提高了不少。那些人对方仲永的父亲另眼相看，还经常拿钱帮助他。方仲永的父亲便认为这是件有利可图的事情，于是放弃了让方仲永上学读书的念头，每天带着方仲永轮流拜访县里的那些名流、富人，找机会表现方仲永的作诗天分，以博得那些人的夸赞和奖励。

这样一来，神童渐渐地才思不济。由于只一味地凭着一点儿“天才”作诗而没有后天的学习，方仲永的诗质量每况愈下。到他十二三岁时，他作的诗比以前大为逊色，让前来与他谈诗的人感到很失望。到了二十岁时，他的才华已全部消失，跟一般人并无什么不同。人们都遗憾地摇着头，叹息一个天资聪颖的少年最终变成了一个平庸的人。

阅读小课堂

后天的努力才是决定一个人成功的主要因素。后天的学习非常重要。好的天赋有助于成功，但如果缺乏努力，再好的天赋也会慢慢丧失。

未杀陈佗

有一个人想拜见县官，求个差事。为了投其所好，他先找到县官手下的人，打听县官的爱好。他向县官的随从问道：“不知县令大人平时都有什么爱好？”

县官手下的人告诉他：“县令无事的时候喜欢读书，我经常看到他手捧《公羊传》读得津津有味，对它爱不释手。”这个人把县令的爱好记在心里，满怀信心地去见县官。

县官问他：“你平时都读些什么书？”

他连忙讨好地回答说：“别的书我都不爱看，一心专攻《公羊传》。”

县官接着问他：“那么我问你，是谁杀了陈佗呢？”

这个人其实根本就没读过《公羊传》，不知道陈佗是书中的人物。他想了半天，以为县官问的是本县发生的一起人命案，于是吞吞吐吐地回答说：“我平生确实不曾杀过人，更不知有个叫陈佗的人被杀。”

县官一听，知道这家伙并没读过《公羊传》，才回答得如此荒唐可笑。县官便故意戏弄他说：“既然陈佗不是你杀的，那么你说说陈佗到底是谁杀的。”

这人见县官还在往下追问，更加惶恐不安起来，最后吓得狼狈不堪地跑出去了，连鞋子也来不及穿。

别人见他这副模样，问他怎么回事，他边跑边大声说：“我刚才见到县官，他向我追问一桩杀人案，我再也不敢来了，等这桩案子搞清楚后，我再来吧！”

阅读小课堂

不能不懂装懂，不能弄虚作假。做人要诚实，学习要认真。对于自己不知道的事情，对于自己没有掌握的知识，不能不懂装懂，乱说一气。如果不懂装懂，还想去蒙骗别人，那么不仅会闹出笑话来，还会让自己变得很狼狈。

活到老，学到老

晋平公是春秋时期晋国的一位国君，政绩不凡，学问也不错。有一天，晋平公问他的贤臣师旷："你看，我已经七十岁了，年纪的确老了，可是我很希望再读些书，长些学问，又总是没有信心，总觉得是不是太晚了呢？"

师旷是一位双目失明的老人，他博学多智，虽然眼睛看不见，但心里亮堂着呢！师旷笑着回答说："您说太晚了，那您为什么不把蜡烛点起来呢？"

晋平公有些不高兴了，便说："我在跟你说正经话，你跟我说的是什么意思？哪有做臣子的随便戏弄国君的呢？"

师旷一听，乐了，连忙说："大王啊，您误会了，我这个双目失明的臣子，怎么敢随便戏弄大王呢？我也是在认真地跟您谈学习的事呢。"

晋平公说："此话怎讲？"

师旷说："我听人说，年少时学习，就像走在朝阳下；壮年时学习，犹如在正午的阳光下行走；老年时学习，那便是在夜间点起蜡烛小心前行。烛光虽然微弱，比不上阳光，可是只要获得了这点儿烛光，尽管有限，但总比在黑暗中摸索要好得多吧！”

晋平公恍然大悟，高兴地说：“您说得太好了，的确如此！我有信心了。”

阅读小课堂

只要想学，什么时候都不晚。不仅年轻的时候需要努力学习，更要活到老，学到老。年纪大的时候，虽然学习起来有点困难，可是只要热爱学习，乐于学习，勤于学习，也能收获学习的快乐。

常羊学射

常羊拜屠龙子朱为师学习射箭。屠龙子朱问：“你想知道射箭的道理吗？”常羊说：“请您指教。”屠龙子朱没有正面回答他，却给常羊讲了一个故事。

有一次，楚王到云梦泽打猎。他让手下人把豢养的禽兽全部驱赶出来，供自己射猎。一时间，天空禽鸟齐飞，满地野兽奔逐。几只梅花鹿在楚王的马的左边蹦跳，一群麋鹿在楚王的马的右边追逐。楚王举弓搭箭，一会儿对准梅花鹿，一会儿对准麋鹿，正想放箭时，一只天鹅又扇动大翅膀从楚王的头上掠过，引得他又把弓箭瞄向空中。就这样，楚王瞄了半天，一箭也没放，因为他不知道该射哪个好。

这时候，有个叫养叔的人对楚王说：“我射箭的时候，把一片树叶放在百步之外，射十次中十次。如果放上十片叶子，那么能不能射中，就很难说了。”

常羊听了，连连点头，从中受到了很大的启发。

阅读小课堂

做事情要目标专一，行动果断。在完成一件事情的过程中，会遇到很多诱惑和干扰。如果不能确定自己想要做的到底是什么，三心二意，举棋不定，那么最终就会什么东西都得不到，什么事情都做不成。所以说，要认准目标，果断行动。

盲人摸太阳

有一个人生来就双目失明，他从来不知道太阳是什么样子的。于是，他便去向看得见太阳的人请教。有人告诉他说：“太阳的形状像个大铜盘。”然后拿起一只铜盘敲了敲。听到了铜盘的声音，盲人便记下了这声音的特征。过了些日子，他听到了一阵钟声，连忙大喊：“太阳来了，太阳来了！”

后来，又有人告诉他说：“太阳会发光，就像蜡烛一样。”那人还将一根蜡烛给他摸了摸。盲人又记住了蜡烛的形状。一天，他摸到一根短笛，以为这就是太阳，于是他又高兴地叫道：“我摸到太阳了，我摸到太阳了！”

其实，太阳和钟、短笛的差别非常大，可是盲人仅凭一点儿局部的感知，始终也没有弄清它们之间的区别。

阅读小课堂

间接得来的认知，往往不可靠。这些片面的认知并不能全面地反映事物。只有通过亲身实践进行检验和完善，才能做出准确的判断。

薛谭学歌

薛谭拜秦国著名的歌手秦青为师，学习唱歌。薛谭聪明好学，进步也很快，秦青很喜欢这个徒弟，决定把自己多年积累的唱歌技巧都教给他。

经过秦青的指点，薛谭的演唱技巧有了很大进步，几次演出都博得了阵阵喝彩。于是，他便骄傲起来，自认为已经把老师的本领都学到手了，就向秦青要求提前毕业。秦青也没有挽留，只是送他到郊外。临别的时候，秦青两手轻轻地打着拍子，放声高歌。

那歌声激越高亢，时而像奔腾的大河，时而像轻飘的行云，只唱得群鸟栖枝，百兽伫听，连天上的朵朵白云也舍不得匆匆离去。

薛谭简直听傻了，已经完全陶醉在这美妙的歌声里。他这才意识到自己连老师演唱技巧的皮毛都还没有学到，顿时感到十分羞愧，连忙跪倒在路旁请求老师原谅，希望老师同意他继续学习。秦青被他的真诚感动，把他留了下来。

从此以后，薛谭虚心好学，刻苦钻研，终于成为有名的歌唱家。

阅读小课堂

要虚心学习，持之以恒；不能骄傲自满，浅尝辄止。学习是没有止境的，要是刚取得了一点点的成绩，就骄傲自满，觉得没有什么可学的了，那么就学不到真正的、全面的知识。只有看到自己的幼稚和不足，坚持不懈地刻苦学习，才能取得成功。

关尹子教射箭

关尹子是著名的箭术教师，列子跟他学射箭。

有一次，列子接连几箭都射中了靶心，他高兴地跑去问关尹子："老师，我可以算学会射箭了吧？"

关尹子反问他："你自己知道能射中靶心的道理了吗？"列子说："那我可不知道。"关尹子说："那不行，你还不能算是学会射箭了，回去再学！"

列子回去以后，认真琢磨射箭的道理，又苦练了三年，箭术进步得非常快，到了百发百中的地步。

他又去向关尹子报告自己的学习成绩，关尹子还是问他："现在你知道能够射中靶心的道理了吗？"列子说："知道了。"

关尹子说："好！这样你可以算学会射箭了。无论干什么事情，都要懂得它包含的道理。学射箭应该这样，治理国家更应该这样。"

阅读小课堂

学习也是这样，学习知识固然重要，但更关键的是要学会方法。知其然，更要知其所以然，只有掌握了正确的方法，了解了其中的规律，才算是真正意义上的“学会了”。

为猫取名

乔奄家里养了一只猫，自以为它非常奇特，就称其为“虎猫”。乔奄经常抱着“虎猫”在客人面前炫耀。

有一天，他请客人吃饭，又把“虎猫”抱了出来。客人们为了讨好乔奄，争着说好话。

一个说：“虎虽然勇猛，但是不如龙神奇，我认为应该叫‘龙猫’。”

“不妥不妥，龙虽然神奇，但是没有云托着就升不到天上，所以应该叫‘云猫’。”

“云遮天蔽日，但一阵狂风就可以把它吹得无影无踪，我建议叫它‘风猫’。”

“大风的确威力无穷，但是一堵墙就可以挡住狂风，不如改叫‘墙猫’。”

“墙虽然厉害，但是老鼠可以在墙上打洞，我看应该叫‘鼠猫’。”

这时，一位老人站了起来：“你们只顾自己争强斗胜，把脑子都搞糊涂了。逮老鼠的是谁？不就是猫嘛！猫就是猫，搞那么多名堂有什么用？”

阅读小课堂

做事要实事求是，不要花里胡哨、不着边际。有些人喜欢把原本很简单的事情弄得很复杂，通过这样做来显示自己的学问。这样的结果是既白白地浪费了力气，又容易把人搞糊涂。只有说实话，办实事，才能高效地做好事情。

南橘北枳

晏子将要出使楚国。楚王听说这个消息后，对身边的大臣说：“晏婴是齐国能言善辩的人，如今来到我国，我想羞辱他一番，大家看用什么办法比较好？”

有个大臣献计说：“他来了以后，请让我绑一个人从大王面前走过。大王问：‘他是哪里的人？’我回答说：‘是齐国人。’大王再问：‘他犯了什么罪？’我回答说：‘他犯了盗窃罪。’”

楚王觉得这个主意不错。

晏婴来到楚国，楚王用酒招待他，喝酒喝到正畅快的时候，有名小吏捆着一个人来到楚王面前。

楚王故意问道：“这捆着的是个什么人？”

小吏回答：“是齐国人，犯了盗窃罪。”

楚王转过头来望着晏婴说：“齐国人生来就喜欢偷盗吗？”

晏子不慌不忙地离开座位，走到楚王面前，严肃地回答说：“我听说，橘树生长在淮河以南就结出橘子，如果生长在淮河以北，就会结出枳子。橘子和枳子的叶子差不多，但果实的味道却大不相同。这是为什么呢？是因为水土不同啊。现在捉到的这个人，生活在齐国的时候，并没有盗窃的行为，来到楚国以后却偷盗，难道是因为楚国的水土容易使人变成小偷吗？”

楚王听了，尴尬地笑着说：“圣贤是不可戏弄的呀！我反而是自取其辱了。”

阅读小课堂

同一种事物会因为环境不同而发生改变，环境的影响是很大的。近朱者赤，近墨者黑，环境对于人的成长非常重要。处在良好的育人环境中，就能够得到更快更好更健康的发展。

涸辙之鱼

庄周家里很穷，已经好几天揭不开锅了，他只好硬着头皮去向监河侯借粮食。

监河侯既吝啬又狡猾，他对庄周说：“好！等我从老百姓那儿收到租税以后，一次性借给你三百两金子，怎么样？”

庄周听了他的话，气得脸色煞白，就说：“我在来这儿的路上，听到有人呼救，找了半天不见人影，再观察周围，才在路上的车轮沟里发现了一条鲫鱼，它大张着嘴直喘气。我问鲫鱼：‘鲫鱼呀，你为什么要呼救呢？’鲫鱼说：‘我是东海海神的臣子，今天落在这条即将干枯的车轮沟里，你能给我一升半斗的水，救我一命吗？’”

监河侯听了庄周的话，问他是否给了水救助鲫鱼。

庄周看了监河侯一眼，冷冷地说：“我说：‘好，我将要到南方去拜见吴、越两国的国君，请他们把西江的水引过来救你，怎么样？’鲫鱼气坏了，它说：‘我现在失去了起码的生存条件，正在生死存亡的关头，只要一升半斗的水，就能让我活命，你却说了这么一大堆不着边际的话。你不用再嚼舌了，还是干脆等明天到咸鱼摊上去找我吧！’”

监河侯听了，羞愧得无地自容，最终借给了庄周一些粮食。

阅读小课堂

空头许诺解决不了眼前的困难，远水解不了近渴。当别人有了困难的时候，只要能够帮助解决的，应当马上出手相助。不去帮人解决实际困难，只是夸夸其谈，去说一些大话、空话，做一些不着边际的承诺，会让人心生反感。

曾子杀猪

一个晴朗的早晨，曾子的妻子梳洗完毕，换上一身干净整洁的蓝布新衣，准备去集市买一些东西。她出了家门没走多远，儿子就哭喊着从身后撵了上来，吵着闹着要跟着去。孩子不大，集市离家又远，带着他很不方便。因此，曾子的妻子对儿子说："你回去在家等着，我买了东西一会儿就回来。你不是爱吃酱汁烧的蹄子、爱喝猪肉炖的汤吗？我回来以后杀了猪就给你做。"

这话倒也灵验。她儿子一听，立即安静下来，乖乖地望着妈妈一个人远去。

曾子的妻子从集市回来，还没跨进家门就听见院子里捉猪的声音。她进门一看，原来是曾子正准备杀猪给儿子做好吃的东西。她急忙上前拦住丈夫，说道："家里只养了这几头猪，都是逢年过节时才杀的。你怎么拿我哄孩子的话当真呢？"

曾子说："在小孩儿面前是不能撒谎的。他们年幼无知，经常从父母那里学习知识，听取教诲。如果我们现在说一些欺骗他的话，等于是教他今后去欺骗别人。虽然做母亲的一时能哄得住孩子，但是过后他知道受了骗，就不会再相信你的话。这样一来，你就很难再教育好自己的孩子了。”

曾子的妻子觉得丈夫的话很有道理，于是心悦诚服地帮助曾子杀猪、去毛、剔骨切肉。这一天，曾子的妻子为儿子做了一顿丰盛的晚餐。

阅读小课堂

说话就要算话。父母是孩子的第一任老师，父母的一言一行都对子女的成长起着很大的作用。不能因为是自己的孩子，是自家人，就觉得可以不用信守承诺。诚实守信，是中华民族的传统美德，需要我们牢记在心，代代传承。

智子疑邻

战国时期，宋国有个富人，对于自己的家世很是得意。一天，下了瓢泼大雨，结果他家的墙坍塌下来。看着那堵塌墙，他犹豫着该不该修缮。

这时，他的儿子说道：“如果不赶紧修好它，一定有盗贼进来。”听见儿子的劝告，富人觉得非常有道理，儿子的聪慧更是让他高兴不已。

过了一会儿，他们隔壁的老大爷看到了塌墙，也善意地说道：“快快修好吧，不然会招盗贼的。”可富人并没有理会。

到了晚上，果不其然，家中丢失了大量财物，这下他又急又气，急的是如何将丢失的财物找回，气的是盗贼怎么消息这么灵通，这么短的时间内就找上门来。思来想去，他觉得最可疑的人就是隔壁那个老头儿了，因为他上午还多事地提醒自己修墙呢！

阅读小课堂

不能把关系亲疏当成判断是非的标准。要尊重事实，从实际情况出发来分析判断是非。如果被感情蒙蔽了眼睛，只是凭着主观感情来认定是与非，就会把提出忠告的人当成损害自己的人，会得出与事实完全不符的结论。这样不但会白白地冤枉了好人，也无法了解事实真相。

泥偶与木偶

很久以前，在现在山东省境内的淄水河畔，有一个泥塑的人偶和一个木雕的人偶。在干旱无雨的季节，泥偶和木偶曾有一段朝夕相处的经历。时间一长，木偶渐渐看不起泥偶，总想找机会讥笑它。

一天，木偶带着嘲笑的口吻对泥偶说："你原本是淄水西岸的泥土，人们把泥土糅合起来捏成了你。别看你现在有模有样，神气十足，等到了八月，大雨哗哗地下，淄水一下子猛涨起来，你很快会被水泡成一堆稀泥。"

那泥偶并不在意，它以十分严肃的口吻对木偶说："谢谢你的关心，不过，事情并不像你所说的那样可怕。既然我是用淄水西岸的泥土捏成的泥人儿，即使被水冲得面目全非，变成了一堆稀泥，也仅仅是还原了我本来的面目，让我回到淄水西岸罢了。而你倒是要仔细地想一想，一旦到了八月，大雨倾盆而下，引起淄水猛涨，滚滚的河水将把你冲走。那时，你只能随波逐流，不知会漂到什么地方去。老兄，你还是多为自己的命运操操心吧！"

在连续下了多日的暴雨后，木偶被河水冲得不见踪影，泥偶却安然地躺在大地妈妈的怀抱里睡觉。

阅读小课堂

不要嘲讽别人的缺点，要努力找到自己的不足。人们往往容易看到别人的缺点，却难以发现自己的不足。与其得意洋洋地去嘲讽别人，还不如静下心来多想想自己的缺点和别人的长处。只有虚心学习别人的长处，努力改正自己的缺点，才能不断地取得进步。

齐人偷金

从前有个齐国人，成天想得到一块金子。他白天想的是金子，夜里梦的也是金子。

有一天，他早早地起床，穿好衣服，赶到集市上，走进一家买卖金银的店铺，从柜台上抓起一块金子就走。没走多远，他就被大家抓住了，大家将其扭送到官府。

官吏问他：“当着那么多人的面，你竟敢拿人家的金子，这是什么缘故？”

那个齐国人回答说：“我拿金子的时候，两只眼睛看见的只是金子，根本没看见旁边还有那么多人。”

阅读小课堂

不要被利欲蒙蔽了眼睛，财富要靠自我奋斗来获得。追求美好的事物本身没有错，可要是不去付出艰苦的努力，一心只想着不劳而获，就会利欲熏心，丧失理智，最终走上错误的道路。到时候，不但得不到财富，自己也会受到惩罚。

千金求马

公元前 314 年，燕国发生了内乱，邻近的齐国乘机出兵，攻占了燕国的部分领土。

燕昭王当了国君以后，他平定了内乱，又决心招纳天下有才能的人，振兴燕国，夺回失去的土地。虽然燕昭王有心提拔人才，但并没有多少人投奔他。于是，燕昭王就去向一个叫郭隗（wěi）的人请教怎样才能得到贤良的人。

郭隗给燕昭王讲了一个故事：从前有一位国君，愿意用千金买一匹千里马。可是三年过去了，千里马还是没有买到。这位国君手下有一位不出名的人，自告奋勇请求去买千里马，国君同意了。这个人用了三个月的时间，打听到某处人家有一匹良马。可是，等他赶到这家时，马已经死了。于是，他就用五百金买了马的骨头，回去献给国君。国君看了用很贵的价钱买来的马骨头，很不高兴。买马骨的人却说：“我这样做，是为了让天下人都知道，大王您是真心实意地想出高价买马，并不是欺骗别人的。”果然，不到一年时间，就有人送来了三匹千里马。

郭隗讲完上面的故事，又对燕昭王说：“大王要是真心想得到人才，也要像买千里马的国君那样，让天下人知道您是真心求贤。您可以先从我开始，人们看到像我这样的人都能得到重用，比我更有才能的人就会来投奔您。”燕昭王认为有理，就拜郭隗为师，还给他优厚的俸禄，并让他修筑了“黄金台”，作为招纳天下贤士的地方。消息传出去不久，就有一些有才干的名人贤士纷纷前来，表示愿意帮助燕昭王治理国家。

经过二十多年的努力，燕国终于强盛起来，打败了齐国，夺回了被占领的土地。

阅读小课堂

要想做好一件事情，就要有长远的打算，不能计较眼前的得失。从长远出发，牺牲眼前的、局部的利益，表现出自己的诚意与决心，才能更好地打动更多的人，赢得最终的胜利。

玉器和瓦罐

韩昭侯平时说话不大注意，往往在无意间将一些重大的机密事情泄露了出去，使得大臣们周密的计划不能实施。大家对此很伤脑筋，却又不好直接告诉韩昭侯。

有一位叫堂谿（xī）公的聪明人，自告奋勇到韩昭侯那里去，对韩昭侯说："假如这里有一只玉做的酒器，价值千金，它的中间是空的，没有底，它能盛水吗？"韩昭侯说："不能盛水。"堂谿公又说："有一个瓦罐子，很不值钱，但它不漏，你看，它能盛酒吗？"韩昭侯说："可以。"

于是，堂谿公因势利导，接着说："这就是了。一个瓦罐子，虽然值不了几文钱，非常便宜，但因为它不漏，却可以用来装酒；而一只玉做的酒器，尽管它十分贵重，但由于它空而无底，因此连水都不能装，更不用说人们会将酒倒进里面去了。人也是一样，作为一个地位崇高、举足轻重的国君，如果经常泄露臣下商讨的有关国家机密的话，那么他就好像一件没有底的玉器。即使是再有才干的人，如果他的机密总是被泄露出去，那他的计划就无法实施，因此就不能施展他的才干和谋略了。”

一番话说得韩昭侯恍然大悟，他连连点头说道：“你的话真对，你的话真对。”

从此以后，凡是要采取重要措施、需大臣们在一起策划的计划、方案，韩昭侯都小心对待，慎之又慎，连晚上睡觉都是独自一人，因为他担心自己在说梦话时把计划和策略泄露给别人而误了国家大事。

阅读小课堂

委婉地进行劝说，更容易让人接受。当发现朋友有缺点的时候，要是直截了当地指出来，会让朋友很没面子，下不了台。通过委婉的方式进行劝说，让朋友自己悟出什么地方做得不对，这样朋友会很容易接受劝说，也乐于改正自己的缺点。

东郭先生和狼

春秋时期，有一位东郭先生。这一天，他牵着毛驴出门了，毛驴的背上还驮着一口袋书。

忽然，一只神色慌张的狼蹿了出来，把东郭先生吓坏了。没想到，狼却跪在了东郭先生面前，一把鼻涕一把泪地说："先生，您快救救我吧！猎人在后面就要追上来了！"东郭先生看见狼这副可怜相，心一软，便将狼藏在口袋里，骗过猎人，救了它。

等猎人走远了，东郭先生长舒了一口气，解开袋口，把狼放了出来。

狼一边舒展着身体，一边恶狠狠地对东郭先生说："先生，我现在可是饿坏了，你心肠这么好，就让我吃了你吧！"说着，就张着血盆大口向东郭先生扑过去。

东郭先生又怕又气，喊道："你这只恶狼，我刚才好心救了你的命，你现在却要吃我，你可真不讲理！"东郭先生围着毛驴左躲右闪，生怕狼抓到自己。

就在这危急的时刻，来了一个农夫。东郭先生赶忙拉住

农夫，把刚才发生的事情讲了一遍，要农夫给评评理。狼也走过来，为自己辩解道："您别听他胡说八道。他刚才把我塞进口袋里，害得我在里面闷得喘不上气来，这样的人我不该把他吃掉吗？"

农夫想了想，说："你们都认为自己有理，我也不好判定谁是谁非。这样吧，你们把刚才的情形再做一遍让我看看。"狼觉得农夫说的话有道理，就又钻进了东郭先生的口袋里，东郭先生又把袋口系紧了，农夫立刻举起木棒狠狠地朝狼打去。

这下，东郭先生终于明白了，他连忙感谢农夫救了他的命。

阅读小课堂

不能以仁慈对待邪恶。要勇于同邪恶的势力作斗争，不能心慈手软，更不能袒护、助长邪恶势力。要学会保护自己，遇事要分清善恶，明辨是非，帮助应该帮助的人。

工之侨献琴

从前，有位制琴技师叫工之侨。一次，工之侨得到一段质地优良的梧桐木，用它精心制作了一张琴，装上弦以后，弹出的琴声清亮优美，如行云流水，大有金玉之声，动听极了！

工之侨自认为这是当今世上最好的一张琴了，就把它献给了朝廷的乐官。

乐官让乐工来鉴定，乐工们一看，都把头摇得像拨浪鼓似的，说："这张琴不是古琴！"乐官就把琴退还给了工之侨。

工之侨回到家里，请来漆匠在琴身上画了一条条裂纹，又请来篆刻家在琴身上刻写了古字，然后把琴用匣子装好，埋在土里。

一年以后，工之侨把琴从地下挖出来，打开匣盖一看，只见琴身上长满了绿苔和一块块霉斑。工之侨便带着这张琴到市场上去卖。一个阔人用高价买走了琴，把它当成珍宝献给朝廷的乐官。

那些乐官打开琴匣一看，都把头点得像鸡啄米似的，连声称赞道："好琴，好琴，这是一张地地道道的古琴，真是世上少有的珍宝啊！”

阅读小课堂

同样一张古琴，只是进行了“仿古”的处理，在乐官们那里就得到了完全不一样的评价。这个故事告诉我们，只看表面，不看本质，是无法做出正确判断的。

明年再改

有个人专门偷邻居家的鸡，一天偷一只，一天不偷就手心发痒。

别人劝告他：“这样做太不道德了。再偷下去，不会有好下场的，赶快改了吧！”

这个偷鸡贼也想洗手不干了，但是下不了决心，他对劝告的人说：“好吧，我听您的。但是，我的偷瘾太大了，要我马上歇手，我办不到。这样吧，以前我每天偷一只鸡，从明天开始，改为每月偷一只鸡，到明年就可以彻底不偷了。”

阅读小课堂

改过自新，要坚决果断。意识到自己犯了错误，不去及时改正错误，而去为不及时改正错误找出种种借口，这样的做法，只能是错上加错。我们决不能宽容自己的错误，要坚决果断地改正错误。否则的话，只会在错误的泥潭里越陷越深，不能自拔。

伯乐和千里马

有一匹千里马老了，瘦骨嶙峋，像一位行动迟缓的老人，再也不复当年的风采了，于是被主人用来拉盐。主人让它拖着沉重的盐车在太行山道上攀登。老马低头负重，一步一步地在坎坷的山道上挪移，行进得十分艰难。它被烈日晒得汗水淋淋，四条瘦腿颤颤巍巍，一个打滑，就倒了下去。它使尽全力，刚挣扎着站立起来，前蹄一下没踩实，又跌倒在地上，摔得蹄子僵直了，膝盖折断了，皮肤也溃烂了，尾巴无力地耷拉着，鲜血混着汗水一滴一滴洒在山路上。老马跌着，滚着，来到一道陡坡前，怎么也拉不上去了，赶车人的皮鞭像雨点一样落在它瘦骨嶙峋的背上。

这时候，相马专家伯乐乘车迎面而来。他仔细地看了看老马，连忙跳下车来，抚摸着伤痕累累的马背大哭起来，他还解下身上的麻布袍子披到老马的背上。

老马泪汪汪地看着伯乐，低下头叹了一口气，忽然打了一个响鼻，仰天长啸起来。那啸声既苍劲又悲凉，在山谷中久久回响。这是为什么呢？它是在告诉人们，伯乐才是千里马的知己呀!

阅读小课堂

要想得到真正的人才，不仅要善于发现人才，还要会恰当地使用人才。只有尊重人才，把人才放到该放的位置，给予相应的待遇，才能使人才发挥出应有的作用。

束装盗金

汉文帝的时候，直不疑担任郎官，他的主要任务是守卫门户、充任车骑。当时，郎官们都住在一起。有一天，有个老郎官到了退休的年龄，要告老还乡。他在收拾行李的时候，不小心把同屋一个小伙子的银两塞进了自己的行囊，并匆忙上了路。

没过一会儿，小伙子就发现自己的银两不见了。他翻箱倒柜，找了很长时间也没有找到，便号啕大哭起来。大家都来围观，议论纷纷。忽然传来一阵很不和谐的鼾声，大家循声一看，原来是同屋的直不疑睡得正香呢。

同事丢了银两，大家都在表示关心并进行安慰，只有直不疑一个人躺在那儿睡大觉，对此事不闻不问，这引起了大家的怀疑，大家都认为是他拿了小伙子的银两。

小伙子冲到直不疑跟前使劲摇醒了他，说：“是你拿了我的钱！那可是我们全家用来维持生计的钱哪，你快点儿把钱还给我！”

直不疑刚刚醒来，根本不知道发生了什么事，迷迷糊糊地点点头说："对，对，是我的错，对不起，对不起！"

大家看直不疑承认是自己偷了银两，都很鄙视他。等直不疑清醒过来，弄清事情的来龙去脉后，没说一句为自己辩解的话，而是默默地拿自己的东西到集市上换了一些银两，把这些银两给了小伙子。

没想到，过了几天，退休的老郎官又回来了。他摸出一包东西，递给了小伙子，不好意思地说："那天我回到家，打开包袱之后，才看到多了一包银两，原来是我收拾东西的时候没看清楚，误拿了你的东西。于是我又急忙赶回来，把银两还给你。"

小伙子这才知道，原来自己冤枉了直不疑。他感到非常羞愧，连忙向直不疑道歉。

阅读小课堂

在生活中会发生很多意想不到的事情。当发现自己的东西不见了或者受到损害了以后，一定要保持冷静。在没弄清情况以前，不要无凭无据地诬赖别人，不能毫无根据地怀疑别人。否则，会使无辜的人受到伤害。

司原氏打猎

从前，有一个叫司原氏的人在一次夜间打猎时，发现了一只鹿。这只鹿听到野地里传来的声音，突然警觉起来。当它看到司原氏正拉弓搭箭瞄准自己的时候，撒腿就朝东面跑了。司原氏并不气馁，他知道鹿在黑夜里跑不快，于是跟在后面紧紧追赶，并且一边追赶一边大声地喊叫，试图以此把鹿吓蒙。正在这时，西面来了一伙追赶猪的人。他们听到司原氏的喊声，以为是东面有人在堵截这头猪，于是就跟着叫喊起来。司原氏不知那伙人在叫喊什么。他听到那边叫喊的人很多，心想必定也是在追赶猎物，于是他放弃了自己追赶的鹿，朝众人叫喊的方向跑去，并且在半路上找了个地方隐蔽起来。那伙人叫着喊着从司原氏躲藏的地方跑过去了。

过了一会儿，司原氏发现离自己不远的地方有一头浑身白色、肥肥胖胖的动物。他十分兴奋，以为自己得到了一头吉祥珍贵的动物。司原氏扑过去把它捉住，然后带着这头吉祥的白兽回了家。

司原氏拿出家中所有精粗食料来喂养这头珍贵的小兽，

这头小兽也十分亲近司原氏。它一见到司原氏便摇头摆尾，朝司原氏发出可爱的“哼哼”声，因此司原氏越发喜爱它了。

没过几天，刮起了狂风，下起了暴雨。暴雨淋在这头白兽身上，将附着在它身上的白色泥土全都冲刷掉了。司原氏仔细一看，才发现它原来竟是自己家里丢失的老公猪，而今却被他当成宝贝从外面带回了家里。

阅读小课堂

在前进的道路上，不要轻易放弃自己的目标。我们在做事情的时候，一定要深思熟虑，目标明确。如果没有主见，三心二意、动摇不定，就很难实现自己的目标，很难取得成功。

刻舟求剑

战国时期有一个楚国人做事很死板，做事情从来不知道变通，总是跟在别人后面亦步亦趋。

有一天，他经过山林，看见一个樵夫在砍柴。突然，樵夫一不小心把斧头掉进山谷里去了。他看见樵夫在斧头落下的地方做了一个显眼的标记，然后从旁边的小路绕下山去，对照着山上的标记，果然在草丛里找到了斧头。楚国人觉得樵夫的做法很高明。

又一天，他搭船过江。船行至江中，陶醉于江边美景的他不小心将随身携带的宝剑掉到江里去了。

只见他紧盯着剑掉下去的地方发呆。旁人劝他赶紧跳下江去打捞，这位楚国人却笑着摇摇头。他眼前浮现出樵夫刻记号的一幕，接着便镇定地说："别慌张！我有个好办法。"

只见他用一把小刀在船舷上剑掉下去的地方刻了一道深深的记号。待船家停船时，这位楚人站起身，面对惊讶的目光，从容不迫地脱了衣服，从船舷边所刻记号处跳入水中。可是，他在水中捞来捞去，怎么也捞不到那把剑，于是浮出水面抚摸着船边的记号，迷惑不解地说："我的剑明明是从这儿掉下去的，怎么找不到了呢？"

阅读小课堂

办法是死的，人是活的，我们不能把一种办法完全套用到别的事情上，遇事要灵活处理，随机应变，千万不要像故事中的楚国人一样。

九方皋相马

有一天，秦穆公对相马专家伯乐说："您年岁大了，您的亲属中有没有人能接替您来相马呢？"

伯乐回答："识别一般的好马并不难，只要从体形、外貌、筋肉、骨架这几个方面就可以辨别出来。最难的是识别天下无双的千里马，那要从内在的气质上分辨，而一般人观察不到这种气质。我那几个儿子都是庸才，他们只能识别一般的好马。我有个朋友叫九方皋，靠挑担卖柴为生，他的相马本领不在我之下。"

秦穆公就把九方皋请来，让他出去寻访天下无双的宝马。

过了三个月，九方皋回来报告道："您要的宝马已经找到了。"

秦穆公问："是什么颜色的马？公的还是母的？"

九方皋想了一下回答说："我印象中是一匹黄色的母马。"

秦穆公派人把马牵来。去的人回报说："是一匹黑色的公马。"

秦穆公很不高兴，他把伯乐找来，埋怨说："你真是糟糕透了！那个九方皋连马匹的颜色是黄是黑，马匹的性别是公是母都分不清，怎么能称为相马专家呢？”

伯乐听了却连连赞叹道：“了不起呀！您说的这些情况正可以证明九方皋的相马技术比我还高明。他观察马，已经能够排除外部特征的干扰，集中精力去深入观察马的气质和神韵了。他取其精而忘其粗，重其内而忘其外；他注意的只是需要观察的东西，他忽略的正是不需要观察的东西。这样的相马技术实在是难得呀！”

马牵来后，经过试骑，人们发现它果然是一匹天下无双的千里宝马。

阅读小课堂

要抓住本质特征，才能做出准确的判断。每一个事物都呈现出多种的外在形态，在观察的时候，要抓住主要的、本质的特征，不要被次要的、表面的东西所迷惑。如果分不清主次，胡子眉毛一把抓，即便付出得再多，也很难成功。

螳螂捕蝉

吴王准备攻打楚国，遭到大臣们的反对。大臣们认为，攻打楚国虽然取胜希望很大，但如果其他国家乘虚而入，后果不堪设想。可是吴王不听劝告。

有一位侍奉吴王的少年，想去劝说吴王。他拿着一把弹弓在王宫花园里转来转去，一连转了几天，少年终于被吴王发现了。吴王问他转什么，他回答说在打鸟。

吴王问："你打到鸟了吗？"

少年说："我没有打到鸟，却见到一件有趣的事。"

吴王来了兴致，问："什么事呀？"

少年说："花园里有一棵树，树上有一只蝉，蝉高高在上，得意地叫着，却不知道有只螳螂在它身后。那螳螂举起前臂要去捕蝉，却不知道有只黄雀在它的身后。"

吴王夸奖说："你看得真仔细，那黄雀要捉螳螂了吗？"

少年接着说："黄雀伸长脖子要捉螳螂，却不知道我拿弹弓在瞄准它呢。蝉、螳螂、黄雀都一心想得到眼前的利益，有谁顾到身后隐伏的危险呢？"

听了少年的这番话，吴王恍然大悟，他说：“你讲得太有道理了！”于是，吴王打消了攻打楚国的念头。

阅读小课堂

在考虑问题、处理事情的时候，不要只盯着眼前的利益、局部的得失，要深思熟虑，考虑后果，切忌被微小的利益蒙蔽双眼，而忘记了更危险的存在。

高阳应造屋

从前，有个人叫高阳应，他总认为自己的意见是对的，别人说的都不合理。

有一次，高阳应要盖一所新房子，他让家里的工匠准备好木料泥土，越快建起房子越好。

过了两天，高阳应发现木料仍然堆在院子里，工匠还是没有开始造房子，他就着急了，催促工匠马上开工。

工匠说："不行啊！现在木料还没有干，如果把湿泥抹上去，木料会被压弯的。用新砍下来的湿木料盖的房子，刚盖成的时候看着挺像样，与用干木料盖的房子相比，差别不大，但过不了多久就会倒塌。我们要先把木料晒干，等木料质地坚硬以后再造房子！"

高阳应马上接过话茬儿："要是按照你的说法，我看恰好应该现在造房子。因为日子一久，木料就会变干，而木料越干就越硬，湿泥越干就越轻，用越来越硬的木料去承受越来越轻的泥土，这房子怎么会毁坏呢？不要拖延，马上就给我造房子！"

高阳应的诡辩把工匠噎得无话可说，工匠虽然感到很为难，但也说服不了高阳应，只好按他的要求造起了房屋。

房子盖成以后，高阳应看着气派的大房子，高兴得眉开眼笑，他认为这是自己用心智说服工匠的结果。

过了几天，高阳应刚准备搬进新房子，因为梁木变了形，只听“轰隆”一声，房子塌掉了。

阅读小课堂

光凭主观想象，而不尊重客观规律，只能导致失败。一些脱离实际的“高深”理论，看起来无懈可击，可是经不住实践的检验。不从实际出发，光凭自己的主观想象去做事，注定会失败。只有尊重客观规律，从实际出发，才能把事情做好。

以羊替牛

古时候，人们每到一定的日子，都要在祠堂里举行祭祀仪式，用以表现对神灵的虔诚、求得神灵的庇佑，这种祭祀仪式叫“衅钟”。

每逢衅钟时，不是要杀一头牛，就是要杀一只羊，然后将牛的头或者羊的头放在祭神的供桌上，人们就站在供桌前祈祷。

有一天，齐国都城里来了一个人，他牵着一头牛从皇宫大殿前走过。恰巧齐宣王在大殿门口看见了，命人叫住那牵牛的人，问道：“你打算把这头牛牵到哪里去呢？”

那人回答说：“我要牵去宰了用来衅钟。”

齐宣王听了后，看了看那头牛，然后说：“这头牛本来没有罪过，却要白白地去死，看着它那吓得哆哆嗦嗦的样子，我真不忍心再看了。把它放了吧！”

那个牵牛的人说：“大王您真慈悲，那就请您把衅钟这一仪式也废除了吧！”

“这怎么可以废除呢？”齐宣王严肃起来，接着说，“这样吧，就用一只羊代替这头牛吧！”

阅读小课堂

改正错误要彻底，不要虚伪做作、敷衍了事。发现错误后，就要彻底地改正。不能只改正一些小的错误、一些表面上的错误，而不去改正大的错误、原则性的错误。

景公饮酒

春秋时期，齐景公好酒贪杯，一连喝了七天七夜都不停。

大夫弦章进谏说：“您喝了七天七夜的酒，我希望您停止饮酒！不然的话，就赐我死。”

之后晏婴朝见，景公对他说：“弦章劝诫我说：‘希望您停止饮酒！不然的话，就赐我死。’如果听他的劝告，那我就被臣下控制了；假如不听，我又舍不得处死他。”

晏婴回答说：“弦章遇到您这样的国君，真是太幸运了！假使遇到夏桀王、殷纣王那样的暴君，弦章早就被他们处死了。”

于是齐景公就停止了饮酒。

阅读小课堂

讲究方式和方法，劝说的效果才能更好。在对别人进行劝说的时候，如果直言不讳地指出缺点，告诉别人应该怎么做，对方往往很难接受。讲究方式和方法，让别人自己悟出应该怎样去做，这样的劝说效果反而更好。

对牛弹琴

东汉有个对佛教教义很有研究的学者，叫牟融。他引用儒家的诗书向儒者宣讲佛经，受到了一些儒者的责难，指斥他为什么不直接依据佛经来回答问题。于是牟融讲了音乐家公明仪的故事：公明仪对着一头正在吃草的牛弹了一首高深的曲子，牛毫不理会，只顾自己吃草，后来公明仪改弹像蚊子、牛蝇和小牛叫唤的声音，牛就摇着尾巴、竖起耳朵来听了。他最后说："所以，对没有读过佛经的人直接谈佛经，等于白讲，就好像对牛弹琴一样。"

阅读小课堂

牛听不懂高雅的音乐，可公明仪却非要对着牛弹琴。这个故事告诫人们，如果说话不看对象，或对愚蠢的人讲深奥的道理，那么，更加愚蠢的就是自己。

河豚发怒

有一种鱼叫河豚，它小脑袋，大肚子，喜欢在木桥的柱子之间游来游去。

一天，风和日丽，河豚边唱歌边游泳，不小心一头撞在了桥柱子上。河豚顿时怒气冲冲，无论如何也不肯游开。它怨恨桥柱子碰撞自己，它的两鳃张开了，身上的鳍也竖起来了，肚子气得鼓鼓的，它浮在水面上，瞪着血红的眼睛要跟桥柱子算账。

这时候，有只老鹰飞来，伸出利爪，一把抓住圆鼓鼓的河豚，把它吃掉了。

阅读小课堂

冲动是魔鬼，遇事千万不要冲动。遇到不痛快的事情时，一定要心胸开阔，态度冷静，要认真分析原因，并从中得到教训和启示。如果一味意气用事，过于冲动，那么事情只会越来越糟。一定要加强自己的修养，克制自己的冲动，理智地处理好遇到的事情。

螳螂搏轮

有一次，齐庄公带着几十名随从进山打猎。一路上，齐庄公兴致勃勃，与随从们谈笑风生，驾车驭马，非常愉快。忽然，他们发现前面不远的车道上有一个绿色的小东西，近前一看，原来是一只绿色的小昆虫。那小昆虫正奋力高举它的两只前臂，怒气冲冲地挺直了身子，直逼马车车轮，一副要与车轮搏斗的架势。

一只小小的虫子，竟然敢与庞大的车轮较量，那情景十分古怪。这有趣的场面引起了齐庄公的注意，他问左右的随从："这是什么虫子？"

随从回答说："大王，这是一只螳螂。"

齐庄公又问："这小虫子为何这般模样？"

随从回答说："大王，它要和我们的车子搏斗，不想让我们过去呢。"

"噫！真有趣。为什么会这样呢？"齐庄公饶有兴趣地问随从。

随从回答说："大王，螳螂这小虫子，只知前进，不知

后退，体小心大，自不量力，又很轻敌。”

听了随从这番话，齐庄公反而被这小小的螳螂打动，他感慨地说道：“小小虫子，志气不小，它要是人的话，一定会成为最受天下尊敬的勇士呀！”说完，他吩咐车夫勒马掉头，绕道而行，不要伤害螳螂。

后来，齐国的将士们听说了这件事，都非常感动。从此，他们打起仗来更加奋不顾身，都愿以死来效忠齐庄公。

阅读小课堂

要有大无畏的英雄气概。要勇于挑战困难，敢于挑战强者。为了正义的事业，就要发挥置生死于不顾、敢于抗争的战斗精神。无惧困难，不断向强者挑战学习，自己就会变得更加强大。

卞庄子刺虎

卞庄子看见两只老虎在撕咬一头牛，便想挺身与虎搏斗。

他的同伴把他按住，说："别忙，牛肉味道鲜美，两只老虎分食不均，会争斗起来的。结果必然是力气小的老虎被咬死，力气大的老虎被咬伤。那个时候，你再去刺杀伤虎，岂不是事半功倍！"

卞庄子听从了同伴的劝告。不一会儿，两只老虎果然为争抢一条牛腿打起架来。结果，一只老虎被咬死了，另一只老虎也被咬得一瘸一拐的。这时候，卞庄子纵身一跃，举剑就向伤虎刺去，没有几个回合，就把老虎刺死了。

这样，卞庄子等于一举杀死了两只老虎。

阅读小课堂

善于利用矛盾，善于把握时机，才能事半功倍。做事情要讲究方法，学会审时度势，有智有勇，才能以最小的代价换取最大的效果。要是不讲究方法，不注重时机，只是一味地蛮干，有可能付出了很多，却得不到多大的收获。

和氏之璧

楚国人和氏，在楚山上得到了一块未经雕琢的玉石，凭着多年的经验，他认为石头中间有一块价值连城的宝玉。他满心欢喜地捧着玉石去献给楚厉王，厉王让玉匠鉴别，玉匠说："这是一块普通的石头。"厉王认为和氏犯下了欺君之罪，十分生气，便下令砍掉了和氏的左脚。

厉王死后，武王当了楚国的国君。和氏又捧着那块玉石去献给武王，武王手下的玉匠依然一口咬定那是块普通的石头。武王也认为和氏欺骗了他，就下令砍掉了和氏的右脚。

武王死后，文王继承了王位。和氏还是想要去献上那块玉石，但害怕落下和之前同样的下场，于是他抱着那块玉石在楚山下号啕大哭，哭了三天三夜，眼泪都哭干了，甚至流出了血泪。

文王听说这件事后，便派人去问和氏，说："天下被砍掉双脚的人多得很，为什么唯独你哭得这样伤心呢？"

和氏说："我不是因被砍去了双脚而伤心，我是恨乾坤颠倒，黑白混淆，宝石被说成石头，忠诚被诬为欺诈，这才是最令人痛心的呀！”

文王吩咐玉匠把和氏奉献的玉石凿开来验看，发现中间果然是一块上好的宝玉。后来，世人就把这块宝玉称为“和氏之璧”。

阅读小课堂

要勇于坚持真理。有时候，真理会被埋没，人才会得不到认可。坚持真理的人不但得不到认可，还有可能受到迫害。在困难面前，要勇于坚持真理，为实现真理进行不懈的斗争。真理终究会被认可，坚持真理的人永远会被人尊重。

五十步笑百步

有一天，梁惠王问孟子："我对于国家，总算尽心了吧？像河内有了灾荒，我就把他们移到河东去；要是河东的收成不好，我也照样办理。看看邻国的君王，还没有像我这样做的。可是，邻国的百姓并没有大量逃跑，我国的百姓也没有明显地增加，这是什么道理呢？"

孟子回答说："大王喜欢打仗，我就拿打仗来比方吧。战场上，打败的一方丢盔卸甲，拖着刀枪赶紧逃命。有一个人逃了一百步停下，另一个人逃了五十步停下。这时候，如果那个逃了五十步的嘲笑那个逃了一百步的胆小怕死，您说这种做法对不对？"

梁惠王说："当然不对，他只不过没有逃到一百步罢了，但同样也是逃跑啊！"

孟子说："大王既然懂得这个道理，怎么能够希望您的百姓会比邻国的多呢？"

阅读小课堂

不要无视自己的缺点，嘲笑别人的缺点。对于别人的缺点，我们往往看得很清楚。对于我们自身的缺点，我们往往视而不见。在嘲笑别人的时候，自己身上很可能也存在着同样的缺点，只是我们没有认识到。应该从别人的缺点中，反思出自身的缺点，并加以改正。

眼前与将来

有一天，齐王上朝的时候，郑重其事地对大臣们说：“我国地处几个强国之间，军务防备的问题年年都要搞。这次我想来个大的行动，彻底解决问题。”

谋臣艾子上前问道：“不知大王有何打算？”

齐王说：“我要沿国境线修一道长长的城墙。这道城墙东起大海，西经太行，绵延四千里，将我国与各个强国隔绝开来。从此，秦国无法窥伺我西部，楚国难以威胁我南边，韩国、魏国不敢牵制我左右。你们说，这不是一件很有价值的事吗？”

艾子说：“大王，这样大的工程，百姓们能承受得了吗？”

齐王说：“是的，百姓筑城的确要吃很多苦头，但这样一劳永逸的事，谁会不拥护呢？”

艾子沉吟片刻，恳切地对齐王说：“今天一大早，天空下起了大雪。我在赶赴早朝的途中，看见道旁躺着一个人，他光着身子，都快要冻僵了，却仰望着老天唱赞歌。我问他为什么这样做，他回答说：‘老天爷这场雪下得真好哇！可以料到明年麦子大丰收，人们可以吃到廉价的麦子了。可是，明年却离我太遥远，眼下我就要被冻死了！’大王，臣以为，这件事正像您今天说的筑城墙，老百姓眼下正生活得朝不保夕，哪能奢望将来有什么大福呢？”

齐王无言以对。

阅读小课堂

不能脱离实际，只顾将来不顾眼前。在计划着做一件事情的时候，如果只想将来而不顾眼前的实际情况，那么再大再好的计划也只是无法实现的泡影。一定要从实际出发，既要考虑将来，也要顾及当前，统筹兼顾，才能真正把事情做好。

截竿进城

古时候，鲁国有一个人扛着一根竹竿想要进城，可是到了城门口，因为竹竿太长而无法进去。

他把竹竿竖着拿，被城门卡住了；他横着拿，又被两边的城墙卡住了。他折腾了半天，累得气喘吁吁，还是进不了城。

旁边有个老头儿边看边乐，说："你可真是个大草包！脑袋瓜儿里就只有一根弦吗！我这一大把年纪了，过的桥比你走的路还多，你怎么不请教请教我呢？"

扛竹竿的人连忙向他打躬作揖："还请您老多多指教！"

老头儿捋着胡子说："这事简单，你把竹竿锯为两段，不就进去了吗？"

"竹竿锯断了就不能用了。"

"那总比你卡在城外强吧！"

于是，扛竹竿的人就借了把锯子，把竹竿锯断，拿进城去了。

阅读小课堂

扛竹竿进城的人做事死板，循规蹈矩、不知变通。而出主意的老头不仅死板，同时还自作聪明，自以为是。这个故事告诉我们，遇事不能迂腐僵化、墨守成规，而应该灵活变通，打破思维定式，同时决不能轻信盲从别人的意见。

揠苗助长

宋国有一个农夫，他担心自己田里的禾苗长不高，就天天到田边去看。

可过了一天、两天、三天……禾苗好像一点儿也没有往上长。他在田边焦急地转来转去，自言自语地说："我得想办法帮助它们生长。"

一天，他终于想出了办法，急忙奔到田里，把禾苗一棵棵地往上拔，从早上一直忙到太阳落山，弄得精疲力尽。他回到家里，十分疲劳，气喘吁吁地说："今天可把我累坏了，力气总算没白费，我帮禾苗都长高了一大截。"

他的儿子听了，急忙跑到田里一看，禾苗全都枯死了。

阅读小课堂

这个故事说明，违反事物发展的客观规律而主观地急躁冒进，就会把事情弄糟。所以做事情一定要尊重客观规律，不能急于求成。

盲人摸象

有一天，四个盲人坐在树下乘凉。有个赶象的人走过来，大声喊着："象来了，大家让开点！"其中一个盲人便提议说："象是什么样子的呢？咱们来摸一摸好吗？"另外三个盲人齐声说："好，摸一摸就知道了。"

他们向赶象的人说了他们的想法，赶象的人同意了，把象拴在树上，让他们摸一摸。

一个盲人摸了摸象的身子，就说："我知道了，象就像一堵墙。"第二个盲人摸着象的牙，说道："象和又圆又滑的棍子一样。"第三个盲人摸着象的腿，就反驳他们说："你们俩说得都不对，象跟柱子差不多。"第四个盲人摸着象的尾巴，大声叫起来："你们都错了！象和粗绳子一模一样。"

四个盲人你争我辩，都认为自己说得对，谁也不服谁。这时，赶象的人对他们说："你们都没有说对。一定要摸遍了象的全身，才能知道象是什么样子的。你们每个人只摸了象的一部分，怎么能说得对呢？"

阅读小课堂

这个故事告诉我们，看事情要看全面，看整体，不要只看一部分。如果只看一部分，就只能做出片面的判断，无法了解事物的本来面目。

班门弄斧

从前有个叫鲁班的木匠，他造桥、造屋、造家具，木工本领天下第一。

有一天，一个小木匠举起自己的斧子挥舞，说：“我做出来的木工活儿，谁也比不了！”有人听了，就指着旁边的一座房子说：“这里也住着一位木匠，不知你的本领有没有他的高。”小木匠傲慢地说：“他算什么！”

正说着，一个人从屋里走出来。小木匠仔细一看，走出来的不是别人，正是大名鼎鼎的鲁班！他赶紧收起自己的斧子，满脸通红地跑掉了。

大家看着他，都哈哈大笑，说：“班门弄斧，真是自不量力呀！”

阅读小课堂

不要骄傲自大、自吹自擂、目空一切。强中更有强中手，不要刚刚掌握了一点本领，就到处炫耀卖弄。一旦遇到了真正有本领的人，就会让人家笑话。我们要谦虚谨慎，努力学习别人的长处，善于总结自己的不足，只有这样才能不断地超越自己，成为真正的强者。

农夫献曝

从前，宋国有个农夫，家里很穷，一年到头在田地里忙忙碌碌地劳动，从来不曾出过远门，也不知道外面的世界是什么样子的。

因为家里十分贫穷，这个农夫经常穿着乱麻编织的衣服，艰难地熬过严寒的冬天。好不容易春天来了，冰雪融化了，太阳温暖地照着大地，农夫也因此像田地里的禾苗一样焕发了生机。

有一天，天气格外晴朗，没有一丝风。农夫在田地里干了半晌活儿，觉得有些劳累，便坐在田埂上休息晒太阳。暖融融的阳光照在农夫身上，他感到一种说不出的温暖和舒服，他觉得晒太阳简直是世间独一无二的享受。他全然不知道世上还有暖和的华宅深院，也不知世上还有温软的丝绵袍子和贵重的狐皮大衣。

可怜的农夫回过头对妻子说："晒太阳真是舒服极了，世上只怕还没有什么人知道这种好处。我们如果把晒太阳取暖的舒服享受献给国君，一定会得到重赏。你看怎么样？"

农夫的妻子觉得丈夫说得有道理，也同意去向国君敬献晒太阳的办法。

于是夫妻俩抛下田间的农活儿回家，打算去献计领赏。可惜，这夫妻二人不但没有一件像样的衣服，甚至连进城的路怎么走都不知道。

阅读小课堂

见识浅薄的人，容易自以为是。越是目光短浅的人，越是知识浅薄的人，越是会骄傲自大。其实他们自以为了不起的事，可能都是人尽皆知的微不足道的小事。要谦虚好学，不断地开阔自己的视野，丰富自己的见识。

山鸡起舞

山鸡身上长着五颜六色的羽毛，在阳光的照耀下熠熠生辉、鲜艳夺目，叫人赞叹不已。山鸡也很为这身羽毛自豪。它在山间散步的时候，只要来到水边，瞧见水中自己的倒影，就会翩翩起舞，一边跳舞一边骄傲地欣赏水中倒映出的自己那绝世无双的舞姿。

曹操当政的时候，有人从南方献给他一只山鸡，说山鸡的叫声非常好听，舞姿非常好看。曹操十分高兴，他召来了乐工，奏起动听的曲子，好让山鸡跳舞。乐工卖力地又吹又打，可是山鸡毫无反应，既不唱也不跳。曹操的手下拿来美味的食物放在山鸡面前，山鸡连看都不看，无精打采地耷拉着脑袋走来走去。就这样，任凭大家想尽了办法，使尽了手段，都没办法让山鸡起舞。

曹操非常扫兴，气恼不已，斥责手下人说："你们这么多人，连一只山鸡都对付不了，还怎么做大事！"

曹操的小儿子曹冲对曹操说："父亲，孩儿听说山鸡一向为自己的羽毛感到骄傲，所以一见到水中有自己的倒影，就会跳起舞来欣赏自己的美丽。何不叫人搬来一面大镜子放在山鸡面前，这样山鸡顾影自怜，就会自动跳起舞来了。”曹操听了拍手称妙，马上叫人将府中最大的镜子抬了过来，放在山鸡面前。

山鸡慢悠悠地踱到镜子跟前，一眼看到了自己无与伦比的丽影，比在水中看到的还要清晰。它先是拍打着翅膀冲着镜子里的自己激动地鸣叫了半天，然后就扭动身体，舒展步伐，翩翩起舞了。山鸡迷人的舞姿让曹操看得目瞪口呆，连连击掌，赞叹不已，也忘了叫人把镜子抬走。

可怜的山鸡，对影自赏，不知疲倦，无休无止地在镜子前拼命地又唱又跳。后来，它终于耗尽最后一点儿力气，倒在地上死去了。

阅读小课堂

每个人都有自尊心，希望得到他人的认可，这是一种正常的心理需求。但是虚荣心太强、过分地看重别人的评价，反而会伤害自己，或是遭受惨败。

唇亡齿寒

春秋时期，晋献公想要扩充自己的实力和地盘，就找借口说邻近的虢（guó）国经常骚扰晋国的边境，要派兵灭了虢国。可是在晋国和虢国之间隔着一个虞（yú）国，讨伐虢国必须经过虞国。

“怎样才能顺利通过虞国呢？”晋献公问手下的大臣。大夫荀息说：“虞国国君是个目光短浅、贪图小利的人，只要我们送他价值连城的美玉和宝马，他不会不答应借道的。”

虽然晋献公对荀息的计策十分赞同，但对美玉和宝马这些稀世珍宝却有点儿舍不得。荀息看出了晋献公的心思，就说：“虞、虢两国是唇齿相依的近邻，虢国灭了，虞国也不能独存，您的美玉和宝马不过是暂时存放在虞公那里罢了。”于是，晋献公采纳了荀息的计策。

虞国国君见到这两样珍贵的礼物，顿时心花怒放，听到荀息说要借道虞国之事时，满口答应下来。

虞国大夫宫之奇听说后，赶快阻止道：“不行，不行，虞国和虢国是唇齿相依的近邻，我们两个小国相互依存，有事可以互相帮助，万一虢国灭亡了，我们虞国也就难保了。俗话说‘唇亡齿寒’，没有嘴唇，牙齿也保不住！借道给晋国万万使不得。”

虞公却不以为然，认为宫之奇太多虑，说：“晋国是大国，现在特意送来美玉和宝马与咱们交朋友，难道咱们借条道让他们走走都不行吗？”

宫之奇连声叹气，知道虞国离灭亡的日子不远了，于是就带着一家老小离开了虞国。

果然，晋国军队借道虞国，消灭了虢国，随后又把亲自迎接晋军的虞公抓住，消灭了虞国。

阅读小课堂

要和与自己利害相关的一方团结起来，一齐来对付共同的敌人。在危急关头，要是没有长远的眼光，只顾眼前利益，只贪图小便宜，出卖了自己的战友，自己也很快会遭到祸患。只有团结一致，才能共同应对强大的敌人。

讳疾忌医

扁鹊是一位名医。有一天，他去见蔡桓公，仔细地端详了蔡桓公的气色以后，说："大王，您得病了。现在病只是在皮肤表层，赶快治，容易治好。"蔡桓公不以为然地说："我没有病，用不着你来治！"

扁鹊走后，蔡桓公很不高兴。

过了十天，扁鹊再去看望蔡桓公，他着急地说："您的病已经发展到肌肉里了，可得抓紧治疗！"蔡桓公把头一歪："我根本就没有病！你走吧！"

又过了十天，扁鹊再去看望蔡桓公。他看了看蔡桓公的气色，焦急地说："大王，您的病已经进入了肠胃，不能再耽误了！"蔡桓公连连摇头："我哪儿来的什么病！"

又过了十天，扁鹊第四次去看望蔡桓公，他只看了蔡桓公一眼，就掉头走了。

蔡桓公心里好生纳闷，就派人去问扁鹊："您去看望大王，为什么掉头就走呢？"扁鹊说："有病不怕，只要治疗及时，一般的病都会慢慢好起来的。怕只怕有病说没病，不肯接受治疗。病在皮肤里，可以用热敷；病在肌肉里，可以用针灸；病到肠胃里，可以喝汤药。但是，现在大王的病已经深入骨髓，病到这种程度只能听天由命了。所以，我也不敢再请求为大王治病了。”

果然，五天以后，蔡桓公的病就突然发作了。他打发人赶快去请扁鹊，可是扁鹊已经到别的国家去了。没过几天，蔡桓公就病死了。

阅读小课堂

要乐于接受别人的批评或建议。当别人指出我们的缺点或者给我们提出建议的时候，不能恼羞成怒，不要百般掩饰自身的缺点。有了缺点，就要勇于承认，要虚心接受批评指正，尽早地改掉自己的缺点和不足。

与狐谋皮

周朝有一个人特别喜爱名贵的皮衣和精美的佳肴。他整天都羡慕别人有华丽的狐皮大衣，梦想着自己也有一件价值千金的狐皮大衣。

可是他没有钱去买这样昂贵的狐皮大衣。怎么办呢？他绞尽脑汁，终于想到一个好办法，那就是去找狐狸们商量，请它们献出狐皮。

他在野地里转悠，碰到了几只狐狸，便十分亲热地对狐狸说："你们中间谁长得最大，谁的毛最长最软，就让我把它的皮剥下来做一件狐皮大衣吧。"狐狸们听了他的要求，都一溜烟地逃进了深山。

这个人没得到狐皮，回到家里又想起了精美的佳肴。他恨不得马上做一桌佳肴，先用来祭祀，然后就把佳肴吃掉。可是他没有钱去买猪肉、羊肉。于是，他又去跟山羊商量："你们中间谁长得最肥，肉质最细嫩，就让我宰了它做一桌佳肴吧。"山羊们听了他的要求，一窝蜂似的都躲进了密林。

就这样，这个人五年没能办成一桌佳肴，十年没能制成一件狐皮大衣。

阅读小课堂

方法不对，努力白费；方法用对，事半功倍。有时候，我们付出了很多，却得不到较好的回报，归根结底是运用的方法不对。只有选择了恰当的方法，才能获得成功。

狼子野心

有一个富人偶然捉到了两只小狼，便把它们和家里的狗关在一起饲养，小狼也能和狗平安相处。两只小狼稍微长大之后相当驯服，主人竟然忘记它们是狼了。

有一天白天，主人在厅堂里睡觉，忽然听见一群狗汪汪地发出狂怒的叫声。他吃惊地坐立起来，看见周围并无一人，就再次躺到枕头上，快要睡着时，狗又跟先前那样狂叫起来。他便假装睡觉，想看看是怎么回事。原来那两只狼想等他睡着了，去咬他的咽喉，群狗狂叫着阻止，不让两只狼靠近主人。

最后，主人杀了两只狼。

阅读小课堂

对于阴险狠毒的人，始终不能掉以轻心。害人之心不可有，防人之心不可无。有些坏人在外表和表面的行动上看不出问题，但是只要有机会，他们就会露出凶恶的本性，对人们造成伤害。我们既要善待他人，也要始终对坏人保持警惕。

八哥学舌

有一只八哥，经过主人的训练，学会了模仿人说话。它每天颠来倒去就会说那么几句话，但是却自以为了不起。

有一天，知了在树梢上一个劲儿地叫，叫得八哥心烦意乱。它就对知了嚷嚷：“歇会儿行不行？你就会发出单调的噪声，叫起来还没完了！我会说人话，也不像你那样炫耀。”

知了没有生气，微微一笑说：“你会模仿人说话，这当然很好，但是你每天百遍千遍学说的话，在我看来其实等于没说。我不会模仿人说话，也没有一副动听的歌喉，但是我能用自己的声音表达我想表达的意思，而你呢？”

八哥听了这席话，把脑袋深深地埋进了翅膀里。从此以后，这只八哥再也不跟主人学舌了。

阅读小课堂

我们不能人云亦云，要开动脑筋，积极思考，勇于表达出自己的观点，不做思想上的懒汉。要是只会单纯地模仿别人，就永远不能做一个有个性的自己。

曲突徙薪

有户人家的烟囱砌得太直，一烧火就直冒火星儿，烟囱旁边还堆着一大堆柴火。

有位客人看见这种情况就提醒主人："这样太危险了，会失火的。您最好把烟囱改造一下，砌个弯道。柴火也不要放得那么近才好。"

主人只是随便地应着，根本没有听进去。

没过几天，由于火星儿落进柴堆，果然失火了。幸亏众乡邻来得及时，奋力扑救，才没有造成严重的损失。

第二天，主人杀猪宰羊，大摆宴席，答谢帮忙救火的乡邻。他把被火烧伤的邻居请入上座，其他人也按出力大小依次入座。但是那位最早提出忠告的客人呢，主人压根儿没想到应该请他来入席。

阅读小课堂

预防胜于抢险，祸患生于疏忽。在生活中，应虚心听取他人的建议，在灾祸发生之前就采取预防措施，才能够有效地防止灾祸。如果不把他人的劝告放在心上，也不事先预防，就会让自己陷于危险之中。

藏贼衣

有一个贼窜入别人家去偷窃，这家人很贫穷，家徒四壁，唯有床头边有一坛米。

这个贼心想："将这坛米偷回去也好，可以煮饭吃。"因为米坛难于携带，他就将自己的衣服脱下来，铺在地上，然后去搬米坛，想把米倒在衣服上包好带走。

此时，床上的丈夫先醒了，月光照入屋内，看见贼反身去搬米坛，丈夫在床上悄悄伸手，将贼铺在地上的衣服偷偷地藏在被子里。

贼回头转过身来，发现衣服不见了。妻子这时醒了，听见有声响，慌忙问丈夫："房间里有声响，恐怕有贼吧？"丈夫安慰说："我醒了好长时间了，并没有发现什么贼。"

这个贼听见有人在说话，慌忙高声喊道："我的衣服刚才放在地上，现在被贼偷去了，怎么还说没贼呢？"这时邻居们全被吵醒了，听到这家喊"贼"的声音，纷纷跑过来抓，小偷来不及逃跑，只得束手就擒。

阅读小课堂

偷窃的人忘记自己正在做坏事，反而贼喊捉贼，暴露了目标，终于被擒。这个故事告诉我们，凡是丧尽良心算计别人的人，到头来反而只会算计了自己。同时，更重要的是，不能因为贪图一点利益就去做坏事哦！

次非杀蛟

楚国有位勇士叫次非，他在干遂那个地方买到了一把锋利的宝剑。

在回乡的途中，他乘坐一只木船过江。木船刚到江中心，突然波涛汹涌,江水中蹿出两条恶蛟,从左右两边围住了木船。船上的乘客都吓得魂飞魄散，摇船人也抖作一团。

次非问摇船人："过去木船要是被恶蛟缠住，船上的人还能不能活命？"

摇船人吓得一个劲儿地摇头："我摇船渡江几十年，也不知送过多少人过江，碰上这两条恶蛟的船，从来没有听说过有能幸免的。"

次非想："如果不除掉这两条恶蛟的话，全船的人就会有生命危险的。"

次非"唰"地抽出宝剑，坚定地说："我定要叫这两条恶蛟变成江底的一堆腐肉朽骨！如果放下武器，只保全自己的生命，那么，我活在世上还有什么价值呢？"

说罢，他便纵身跃入波涛，跟恶蛟拼死搏斗，终于斩杀双蛟。

风平了，浪静了，次非又回到了船上，他用敢于斗争的勇气和高强的本领，保住了渡江的木船，拯救了全船人的生命。

阅读小课堂

勇于斗争，才能绝处逢生。在灾难来临的时候，决不能贪生怕死，不能畏缩退却，应该不畏强暴、坚决斗争。只有这样，才能打败强敌，赢得胜利，保护大家。如果在灾难面前退缩，丧失了斗志，就只能任人宰割，失去一切。

我的读后感

《中国古代寓言》是由许多寓言故事组成的，书中的每个寓言故事看似很简单，却都蕴含着深刻的道理。其中，让我印象最深的是《曾子杀猪》这个故事。

这个故事的主要内容是：有一天，曾子的妻子要到集市去买东西，为了使儿子不惹麻烦，她让儿子好好在家里等着，说是回来杀猪炖肉给他吃。儿子一听有肉吃，就不闹着去了。妻子回来后，发现曾子正要杀猪，妻子很舍不得，便哭着求他不要杀猪。而曾子却坚定地表示："孩子小，不怎么懂事，他的一言一行都是跟着父母学的。在他面前是不能撒谎的，不然，就是教他说假话骗别人哪！"于是曾子把猪杀了。

读完这个故事，我深有体会。以前我经常说话不算数，答应别人的事也没有及时做到，为这事没少惹老师和父母生气。记得有一次，妈妈带我出去玩，我答应了回来后要写一篇日记的，可是却没有写，一拖再拖，企图蒙混过关。现在想想多不应该呀。

孔子曾经说过："言必信，行必果。"一个人只有说到做到，才会赢得别人的信任。我决心改掉以前的坏毛病，做一个言而有信的人。